Story: **Scott Ciencin**
Artwork: **Nick Stakal**
Farben: **Nick Stakal & Tom B. Long**
Cover: **Scott Keating**
Design: **Robbie Robbins**
US-Redaktion: **Dan Taylor & Aaron Myers**

KONAMI **panini COMICS**

IMPRESSUM: Die deutsche Ausgabe von **SILENT HILL Band 3: Tot/lebendig** wird von der Panini Verlags GmbH herausgegeben, Rotebühlstr. 87, 70178 Stuttgart. Geschäftsbereichsleiter: Max Müller, Chefredakteur: Jo Löffler, Redakteur: Steffen Volkmer, Übersetzung: Anja Heppelmann, Marketing: Claudia Hieber und Holger Wiest, Produktion: Sanja Ancic, Lettering & Grafik: Amigo Grafik, Asperg, PR/Presse: Steffen Volkmer, Druck: Panini S.p.A., Italien, Vertriebsservice: stella distribution, Hamburg, Fax: 040/808053050, Auslieferung Buchhandel: VVA – Vereinigte Verlagsauslieferung, Gütersloh, **ISBN 978-3-86607-186-5**; Auslieferung Comic-Fachhandel: Rübartsch & Reiners, Mönchengladbach.

Amerikanische Originalausgabe: **SILENT HILL: Dead/alive** originally published by IDW Publishing, a division of Idea + Design Works LLC, July 2006. SILENT HILL is a registered trademark of KONAMI. © 1999 2007 KONAMI. ALL RIGHTS RESERVED. KONAMI is a registered trademark of KONAMI CORPORATION. All Rights Reserved. No similarity between any of the names, characters, persons and/or institutions in this publication and those of any pre-existing person or institution is intended and any similarity which may exist is purely coincidental. No portion of this publication may be reproduced, by any means, without the express written permission of the copyright holder(s).

www.paninicomics.de   www.idwpublishing.com

Kapitel 1

Selbst als Silent Hill noch eine freundliche und blühende Stadt, voller fröhlicher und hoffnungsvoller junger Seelen war … barg die Stadt bereits ein schreckliches Geheimnis: eine Sekte, die alles daran setzte, einen uralten Gott zu erwecken. Um die Hölle auf Erden zu entfesseln, hatte sie sich diese Stadt als Heimat auserkoren. Sie nannten sich „Der Orden". Beim Versuch, sie zu bekämpfen, wurde die halbe Stadt in Schutt und Asche gelegt.

Der Orden war jedoch nicht vernichtet. Und die junge Frau, die von der Sekte auserwählt worden war, um ihren Gott zu gebären, überlebte in einem Zustand zwischen Leben und Tod. Mit ihren Kräften konnten sich einige der verbliebenen Mitglieder des Ordens langsam wieder regenerieren … während die Stadt jetzt in einer Art Zwischenwelt existiert und von Monstern überschwemmt wird.

Eine junge Frau kam nach Silent Hill und forderte ihre tote Schwester heraus, die Dämonin Christabella, die im Körper eines unschuldig aussehenden kleinen Mädchens gefangen ist. Lauryn siegte und erlangte die Kontrolle über die dunklen und mörderischen Kräfte in Silent Hill.

Aber nichts währt ewig …

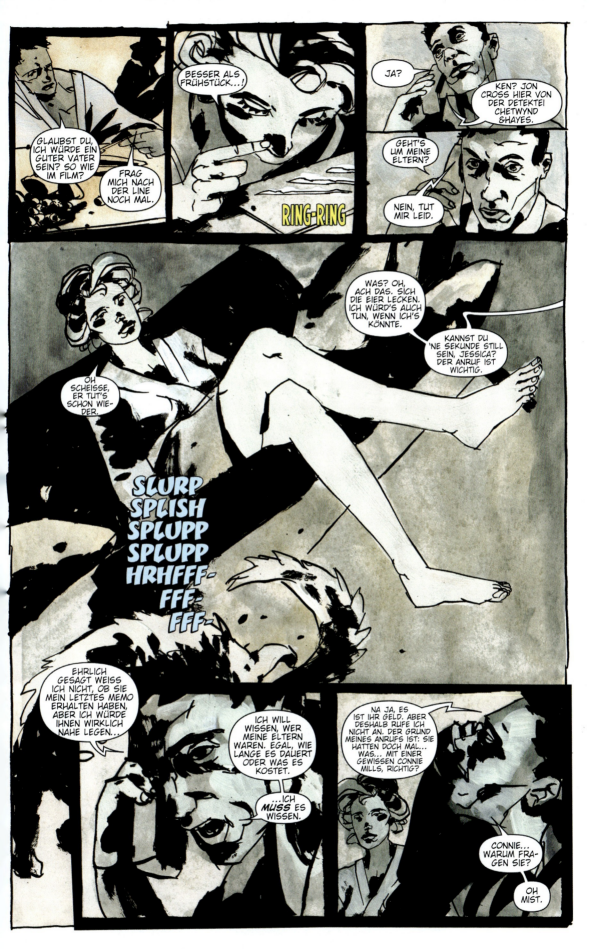

KAPITEL 2

HIER LIEGT JESSICA ALDRICH
EINE NERVIGE KLEINE MATTE
DIE BEKAM WAS SIE VERDIENTE
ICH KOMME
KENNET HAT BLUT AN
SEINEN HÄNDEN KOMME
KOMME
WER IST DER NÄCHSTE?

KAPITEL 3

KAPITEL
4

KAPITEL
5

SILENT HILL™
TOT/LEBENDIG

COVER-GALERIE

Heft 1, von Nick Stakal

Gegenüberliegende Seite: Heft 1 Variant, von Ted McKeever
Diese Seite: Heft 1 Bonuscover, von Loïc Zimmerman

Gegenüberliegende Seite: Heft 2, von Nick Stakal
Diese Seite: Heft 2 Variant, von Ted McKeever
Nächste Seite: Heft 3, von Chris Bolton

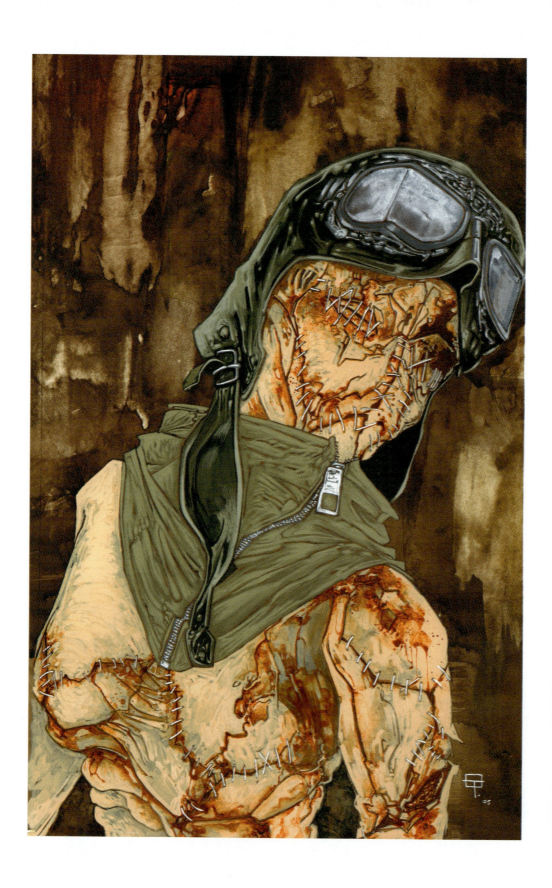

Vorherige Seite: Heft 3 Variant, von Ted McKeever
Diese Seite: Heft 4 Variant, von Ted McKeever
Gegenüberliegende Seite: Heft 4, von Nick Stakal

Diese Seite: Heft 5, von Chris Bolton
Gegenüberliegende Seite: Heft 5 Variant, von Ted McKeever